반 걸음 곁에서

강승구 고명진 김명희 김민주 김보승 김수지 김애자 김연옥
김채완 김태은 서혜주 송태순 신시옥 오순덕 유명순 유선아
이순자 이정숙 이춘관 임미정 전숙향 하영숙 황선희

대경북스

반 걸음 곁에서

1판 1쇄 인쇄 2026년 3월 16일
1판 1쇄 발행 2026년 3월 20일

발행인 김영대
펴낸 곳 대경북스
등록번호 제 1-1003호
주소 서울시 강동구 천중로42길 45(길동 379-15) 2F
전화 (02)485-1988, 485-2586~87
팩스 (02)485-1488
쇼핑몰 https://smartstore.naver.com/dkbooksmall
e-mail dkbookss@naver.com

ISBN 979-11-7168-141-9 03810

들어가는 글

발자국의 목소리로

나는 당신보다 먼저 이 길을 지나온 발자국이다.

서두르지 않아 남겨졌고, 멈추었기에 또렷해졌다. 누군가가 이 자리를 진심으로 살아냈기에 지금까지 남아 있다. 나는 말하지 않지만, 지나온 시간의 사실을 조용히 보여 준다. 당신이 지금 이 페이지 앞에 선 것도, 그 시간을 돌아볼 준비가 되었기 때문일지 모른다.

나는 앞서가라고 재촉하지 않는다. 다만 잠시 멈추어 자신의 상태를 살펴보자고 권할 뿐이다. 지나온 시간 속에 정리되지 않은 감정, 충분히 돌아보지 못한 경험, 설명 없이 흘려보낸 일들이 여전히 당신 안에 남아 있기 때문이다. 더 멀리 가는 일보다, 지금 어디에 서 있는지 아는 일이 먼저일 수 있다.

어떤 흔적은 아픔을 다시 바라보다 남겨졌고, 어떤 흔적은 다른 사람의 마음 가까이에 서 보려다 생겨났다. 또 어떤 흔적은 스스로에게 질문하던 시간 속에서 자리 잡았고, 어떤 흔적은 삶을 대하는 태도를 배우며 또렷해졌다. 남는 것은 얼마나 멀리 갔는가보다, 어떤 방식으로 살았는가라는 사실이다.

나는 길을 정해 주지 않는다. 방향을 설명하지도 않는다. 다만 지나온 시간이 헛되지 않았음을 보여 줄 뿐이다. 당신이 지금까지 살아온 시간에도 이미 많은 자취가 남아 있다. 다만 돌아보지 않았기에 잘 보이지 않았을 뿐이다. 나는 당신의 삶을 대신하지 않는다. 그저 스스로 바라볼 수 있도록 곁에 남아 있다.

당신이 이 페이지 위에 손을 올려 문장을 써 내려갈 때, 생각은 자연스럽게 느려진다. 눈으로만 지나가던 문장이 손의 움직임을 통해 더 오래 머문다. 그 과정에서 마음은 자신의 상태를 분명하게 알아차리게 해 준다. 나는 그 시간을 돕기 위해 여기 있다.

한 문장을 쓰기 위해 잠시 멈추는 동안, 지나온 시간과 지금의 마음이 나란히 놓인다. 그 사이에서 새로운 깨달음이 생겨난다. 나는 그 순간을 기억하는 표시이다.

나를 따라올 필요는 없다. 같은 방식으로 살 필요도 없다. 그러나 한 번쯤 멈추어 자신을 바라보기를 바란다. 지금의 생각, 지금의 감정, 오늘의 선택을 분명히 인식하는 일. 그것이 새로운 시작이 될 수 있다.

나는 오래 남기 위해 존재하지 않는다. 새로운 시간이 쌓이면 나는 자연스럽게 사라진다. 그러니 두려워하지 말고 자신의 삶을 살아가도 좋다. 다만 자신의 삶을 스쳐 지나가지 않기를 바란다. 어디에 서 있는지 알고, 무엇을 느끼는지 인식하며 오늘을 살기를 바란다.

이제 당신 차례다.

조용히 그리고 분명하게.

한 줄의 문장을 쓰는 시간 속에서

오늘의 자신을 또렷하게 만나기를 바란다.

반 걸음 곁에서

작가들과 함께

책 쓰기 코치 백미정

차　례

제2장 공감 : 나를 맞이하는 영혼의 발걸음 _ 61

제3장 회복: 부드러운 질문 _ 107

제4장 존중 : 반 걸음 곁에서 _ 155

제 1 장

이해: 마음의 첫자리

그림자는 숨겨진 내가 아니라, 나를 이루는 일부입니다.

우리는 흔히 상처를 지워 버리려 한다. 아픔이 드러나면 약해 보일까 두렵고, 분노가 올라오면 스스로를 탓하게 되기 때문이다. 그래서 기억을 덮고 감정을 눌러 담은 채 앞만 보고 걷는다. 그러나 삶은 외면한 자리에서 다시 우리를 부른다. 이해는 그 경계에 서서 조용히 시선을 머물게 한다.

여기에 담긴 글들은 과거 타인의 분노로부터 받은 흔적을 짧은 문장으로 붙잡아 쓴 기록이다. 보호받아야 할 순간에 스쳐 간 말들, 설명되지 않았던 감정의 흔들림, 오래 마음에 남아 있던 기억의 조각들. 이 문장들은 상처를 되살리기 위한 것이 아니라, 흩어져 있던 경험을 차분히 바라보기 위한 자리이다.

‘그림자’는 숨겨야 할 무엇이 아니라 나를 이루는 한 부분이다. 분노와 슬픔, 서운함과 갈망은 삶을 향한 깊은 바람의 다른 이름일지 모른다. 이해는 그것을 밀어내지 않고 삶의 안쪽으로 받아들인다. 그때 상처는 단순한 아픔을 넘어 나를 빚어 온 한 조각의 이야기가 된다.

이 문장들 곁에 머무는 동안, 당신의 마음에도 조용한 자리가 생기기를 바란다. 한 줄씩 천천히 옮겨 적으며 그 의미를 따라가 보자. 눈으로 읽은 이해가 손끝을 지나 삶에 닿을 때, 문장은 당신의 언어가 된다. 지금 이 자리에서, 이해를 마음의 첫 자리에 놓아 보자.

흐르다

강 승 구

흘러오고 흘러가는 불안들
길이와 폭도 모두 제각각이지만
나름대로의 길이 있어

정말 다양해
아니 특별해
이 모든 순간들이 말이야
거세게 몰아쳐 올 때도
잔잔하게 흘러갈 때도

불안은 언제나 흐르고 있어
그러니 나의 불안도 흘러갈 거야

쌓여가는 즐거움

고 명 진

자박자박 한 걸음 한 걸음 나아가고
발전했다
자박 자박 자박
비바람이 몰아치고 눈이 오고
폭풍이 몰아쳐도
나는 주위의 나무들과 함께
나아가고 발전했다

그래

김 명 희

뚫어오는 마음들
애잔하게 막아섰다
아무리 막아서도 뚫고 또 뚫는다
애초에 막을 길이 없었다
알면서도 그런다
알면서도

어흥 파도

김민주

회오리처럼 몰려오는 두려움.
어흥!
두려움을 뿌리치는 큰 소리로
글을 썼다.

어흥! 어흥! 어흥!

포기가 찾아와도 괜찮아.
맛있는 김치로 만들어 줄게.

열정이 찾아오면 더 좋아.
멋진 작가의 삶을 살 거니까.

파도는 언제나 그 자리에서
꾸준히 글을 썼다.

가끔은

김보승

스멀스멀 다가오는 불안
너
가 가 가
가버려

사각사각
판타지 소설을 읽는다

살며시 다시 찾아오는 불안

싫어 싫어 싫다고
오지 마
오지 말란 말이야

그런데 있잖아
가끔은 네가 좋아

단단한 빛

김수지

시리도록 맑은 밤, 거울 같은 달빛 속에서
나는 내 안의 아이를 만나 어색한 위로를 건넸다.
"그동안 많이 혼자였지."

반짝, 반짝, 반짝.
외로움으로 자란 달빛은
이제 단단한 빛이 되어
조용히 세상에 위로를 건넨다.

어두운 날엔 더 밝게,
밝은 날엔 은은하게 빛을 내면서.

바람처럼 사라질까 두려워

김애자

예쁜 옷이 보이면 사라질까 두려워
사고 또 사서 차곡차곡 쌓아두는 나.

그것은 옷이 아니라
어린 시절 불안함을 달래기 위한 '작은 안정들'이었네.

그것은 소중한 사람이 사라지지 않는 세상을 만들고 싶은
마음속 '작은 갈망들'이었네.

이제 나는
어린 시절의 나를 살며시 안아준다.
비로소 알게 된 어른의
온기로.

달빛

김연옥

어두운 달빛 아래에서
사랑을 배 다

달빛을 보며
둥근 내 모습을 발견하였다
그리고
마음이 든든해졌다
둥글고 예쁜 내 마음과 환한 내 모습에
대견함과 행복이   아왔다

동글동글 둥근 달처럼
추울 때도 외로울 때도
내 마음이 항상
둥근 달님 달빛이어라

잇다

김 채 완

자연과 시간을 스승 삼아 기다림의 미학을 배웠다.
몸을 살리고 마음을 다독이는 법을 배웠다.
기술보다 철학을, 속도보다 정성을 택했다.
나의 진심으로 세대와 문화를 잇는 길을
오늘도 묵묵히 걸어간다.

바다

김 태 은

파도는 바다가 삼킨 말이다.
밀려와
스스로를 부수고
흔적만 남긴 채 돌아간다.

촤아—

부서짐은 끝이 아니다.
바다는 다시 일어나
또 한 번 해안을 향한다.
파도는 조용히 말한다.
잘하고 있어. 앞으로도 잘할거야

해안가에서 파도 소리 들으며 글을 썼다.

휘리릭 루루루

서 혜 주

형체 없음에 가늠조차 할 수 없는 공포감

여리나 함께하며 휘리릭 나아가는 탁월함

루루루 루루루 멋진 휘파람 소리처럼
공포감이 빚어낸 나만의 멜로디

내 인생 테킬라

송 태 순

하늘 도화지를 깜깜한 어둠으로 물들이는 외로움

늦은 오후에도 이른 새벽에도
연거푸 내 눈에 들어오는 나는
너를 닮았다
주목받고 싶은 나는
여지없이 너다

초라하고 공허한 하늘빛은
화려한 빛깔의 데킬라선라이즈를 만들었다

알딸딸 한 잔에 몸이 취하는
내 인생 모든 것이 가치롭다

TEQUILA

눈꽃의 노래

신 시 옥

호로록 호로록 추위를 먹고 눈꽃이 피어났다

회색빛 세상에서 팔랑팔랑 춤을 추다가

초록빛 세상에 소르르 내려앉았다

대지에 소복소복 쌓인 눈꽃은

오늘도

방울방울 감사의 노래를 부른다

씨앗

오 순 덕

뾰로롱

작은 용기가 싹을 틔웁니다.

뾰로롱, 뾰로롱

설렘 가득한 소리.

하나, 둘

땅속을 뚫고

희망찬 얼굴을 내밉니다.

뾰로롱, 뾰로롱, 뾰로롱

너의 빛깔,

너의 향기를 보여 주렴.

하얀 무지개

유 명 순

방울방울
작은 물방울 무리들
두려움 안고
우르릉쾅쾅
폭포 되어 떨어지네

윙윙
차가운 겨울날 눈물 흘리니
얼음꽃 폭포 되었네

살랑살랑
햇살의 포근함
얼음꽃 물줄기 위로 하얀 꽃 피었네

넘실넘실
여흘여흘
하얀 물결 위에 무지개꽃 피었네

마음 둘레길

유선아

평온한 공허함.
일렁일렁이며 내달린다.

잔잔함을 가르고,
웅장함을 헤집고,
평온함을 건드리며 일렁인다.

호수 둘레길을 한 걸음, 두 걸음
빈 가슴 벅차오르게 내달린다.

피어났구나 피었구나

이순자

외로운 들풀들 사이
고요한 바람에 흔들리며
밤 사이 들꽃이 피어났구나
피어났구나
피어났구나

불어오는 바람의 리듬에 몸을 맡기며
들풀 사이
열정의 꽃을 피었구나
끈기의 꽃을 피었구나

어른 아이

이정숙

흙 날리는 대지 위 불안감들.

다닥다닥.

맨발 걷는 소리, 달리는 소리.

태생부터 존재감 약한 아이가 흙을 만났다.

다닥다닥. 타박타박.

비가 와도 눈이 와도 바람불어도

자연에서 걷고 달린다.

건강 씨앗, 행복 씨앗, 평화 씨앗 뿌린다.

흙 위에 우뚝 선

어른 아이를 만난다.

두 개의 바다

이 춘 관

망망한 바다 위, 작은 배에 홀로 앉아 있다.

주르륵 비가 내려 외로움과 서러움이 더 짙어진다.

거칠게 떨어지는 빗소리와 매서운 바닷바람에 몸이 시려,

배의 절반을 감싸듯 천막을 친다.

그 안은 따스하고 포근한 숨결이 있다.

천막 속에서 비 내리는 바다를 조용히 바라본다.

세상 밖은 차갑고 축축하지만,

이 작은 공간 안에서 나는

외로움을 딛고 나만의 세계로 떠난다.

물방울과 그림자

전숙향

똑 똑 똑
파고들듯 떨어지는 불안들이
하나 둘 셋
파문이 되어 사라진다

겹겹이 흩어지는
파문의 끝자락에
상상의 날개를 달아
자유로운 영혼이 되었다

이제
지치고 힘겨운 날개를 위로하며
평화와 따스함을 가득 품은
사랑의 그림자가 되었다

노을

하영숙

해가 기울자
하늘은 말없이 색을 바꾼다.
붉음과 주황, 보랏빛이 겹쳐
하루의 끝을 천천히 덮는다.

그 노을이 품고 있는 색깔처럼
기쁨도, 후회도 안고 있는
오늘 하루의 마음을 본다.

나를 사랑하는 마음이
아지랑이처럼
아른아른 피어오르다
노을 속에서
조용히 스며든다.

분명 그리고 제대로

황 선 희

아침 햇빛이 모래 위에 내려앉듯,
내 안의 불만과 질투는
서서히 뜨겁게 데워진다.

모래 위를 뜨겁게 달구는 햇살처럼
감정은 먼지가 되어 흩날흩날 떠돈다.

작은 파동이 큰 파동을 부르듯
같은 문장, 같은 페이지를
오늘도 다시 넘긴다.
분명 나는 달라지고 싶었나 보다.

타오르기 위해서가 아니라,
제대로 비추기 위해
나는 오늘도 글을 읽는다.

제 2 장

공감: 나를 맞이하는
영혼의 발걸음

관계 속의 나에서, 진짜 나에게로 돌아오는 시간

우리는 관계 속에서 자신을 잃기도 하고, 다시 자신을 만나기도 한다. 누군가의 마음을 헤아리려 애쓰는 순간, 뜻밖에도 내 마음의 소리가 또렷해질 때가 있다. 공감은 밖을 향해 건네는 말처럼 보이지만, 그 말은 돌아와 우리 안에 머문다. 타인에게 건넨 한 문장이 결국 나를 돕는 길이 된다.

이 글들은 누군가의 마음 가까이에 머물고 싶었던 순간들을 짧은 문장으로 기록한 흔적이다. 위로하고 싶었지만 서툴렀던 시간, 이해하려다 스스로를 돌아보게 된 순간, 누군가의 아픔 앞에서 멈추어 섰던 마음의 장면들. 이 문장들은 공감의 언어가 내 안에 남긴 흔적을 따라가는 기록이다.

공감은 상대를 바꾸기 위한 기술이 아니라 존재를 받아들이는 태도이다. "그럴 수 있지요." "많이 힘드셨겠어요." 누군가에게 건넨 이 단순한 말이 내 안에 닿을 때, 나 역시 그런 이해를 필요로 했음을 알게 된다. 타인을 향해 열린 마음은 결국 나를 향해 열리는 문이 된다.

이 문장들과 함께, 당신이 건넬 한 마디를 마음에 떠올려 보기를 바란다. 찬찬히 필사하고 낭독하며 공감의 결을 느껴 보자. 타인에게 향한 말이 지금의 나를 맞이하는 발걸음이 되기를.

유연한 미소

강승구

내 곁에서 함께해주는 사람들 덕분에
매일매일 미소 짓습니다.

우리 앞에 어떠한 미래가 기다리고 있을까요?
모든 것, 유연하게 함께 나아갑시다.

들풀을 위한 기도

김명희

"날개가 없어도 훨훨 달아난
 당신을 위해 기도할게요."

들풀 위를 성큼성큼 날아간 엄마
달아난 것이 아니었군요
날개를 보지 못했던 거예요
뒤늦은 안녕을 보냅니다

벅차오르는 바람

김민주

존재만으로도 빛이 나.
넌 소중하니까!

바람을 닮은 아들,
넓은 세상 자유롭게
너의 꿈을 펼치기를 기도해.

지금처럼

김 보 승

언제나 나를 믿고 응원해 주는 엄마.
엄마 덕분에 늘 행복해요.

나무처럼 한결같이 내 곁을 지켜주는 엄마.
우리 서로 지금처럼만 살아요.
고마워요. 사랑해요.

괜찮아요

김 수 지

더 높이 자라지 않아도, 더 많은 열매를 맺지 않아도
당신의 존재는 이미 충분합니다.
쉬어도 되고, 느려도 되고,
아무 일도 일어나지 않는 하루를 보내도 괜찮아요.
우리가 함께 존재한다는 사실만으로도 경이롭지 않은가요.

당신을 향한 소망

김애자

바위처럼 든든한 버팀목으로

언제나 변함없이 그 자리를 지켜주는 당신.

해와 달이 빛을 잃어도

지금 그 자리에 서서

언제나 든든한 나의 버팀목이 되어주세요.

비가 와도 눈이 와도 당신과 함께라면 나는

행복한 꿈을 꿀 수 있어요.

조용한 한걸음

김 채 완

두려움이 문을 두드리는 날이면
나는 잠시 숨을 고르고
작은 빛 하나를 마음에 켠다
지금 내가 할 수 있는 일,
그 한 걸음을 조용히 내딛으면
흔들리던 마음도 조용히 가라앉고
어둠 같던 공포는 스며 흘러가
어느새 내 곁에는
따뜻한 희망이 꽃처럼 피어난다

수평선처럼

김 태 은

별빛 같은 내 사랑 늘 함께할게요.

끝없는 수평선처럼 사랑하며 살아가요. 우리

첫 태양

서 혜 주

꼭 한 세대,

30년 차이로 만난 첫사랑.

사랑으로 태어나고 사랑으로 자라나

끝끝내 사랑으로 완성될 너를 위해 날마다 기도한다.

환한 햇살을 닮은 내 첫 아이.

타고난 성품 그대로 온 세상을 밝히는 태양이 되기를.

편안함에 이르세요

송 태 순

온갖 세상 걱정에 마음 빼앗기지 않게
엄마의 삶을 감사하고 그리워하고 헤아려봅니다
끝없이 편안함에 이르도록 기도합니다

백희

신 시 옥

이름처럼 하얗게 살다 가신 우리 엄마.
내 마음에 초록 씨앗 한 알 심어주셨네요.
핑크빛 사랑으로 피워낼게요.

똑소리 나는 딸

오 순 덕

언제나 든든한 엄마의 딸.

네가 무엇을 하든 엄마는 너를 응원할 거야.

온 우주가 너를 도와줄 테니

하고 싶은 꿈들 마음껏 펼쳐보렴.

할 수 있다!

할 수 있다!

할 수 있다!

둘이서

유명순

여보 괜찮아요.

우리는 주 안에서 함께하잖아요.

존경받기 합당한 당신을 위해 기도합니다.

소나무와 같은 당신, 숲을 이루리라 믿어요.

우리 서로 기도하며 공동체를 함께 만들어 가요.

나의 딸

유선아

수줍은 미소가 몽우리 진
꽃 같은 딸에게

괜찮아
내가 너와 함께할 거야
너의 마음 한 편, 나에게 내어 줘
평생치 보증금 예치할게!

두 손 모아

이순자

단단한 사람이 아니어도 괜찮아요.
우린 서로 이해하니까요.

소중한 하루를 살아내는 사람.
꾸준한 삶을 일구는 그대.
나 지금 그대를 위해 기도합니다.

산과 정원

이정숙

산을 닮은 나의 정숙아!
이제 평안함에 이르기를.
내 가슴이 정원 되어 어여쁜 꽃들을 심고 피워보자.

고귀하고 위대한 자,
나의 손자 도형아.
네가 어디에 있든지 너를 위해 기도하마.
기도하지 않는 날에도 신께서 너와 함께하기를.
할미가.

하늘 높이 날아오르는 독수리가 되길

이 춘 관

임용고시 시험을 망쳐도 괜찮아.
앞날이 답답하고, 불안해도 괜찮아.
맑고 밝은 모습으로 최선을 다해 공부해왔던 너이기에.

맑고 파란 하늘 자유롭게 비행하며,
하늘을 가로지르는 힘센 독수리가 된 널 상상하며,
오늘도 묵묵히 곁에서 응원한다.
사랑하는 내 딸.

찬란히 빛날 너에게

임미정

별처럼 귀한 존재,

한때 어둠에 가려졌던 너.

천천히 걸어가도 괜찮아.

곧 반짝이며 빛날 거야.

무한한 잠재력이

너의 온몸을

따스히 감싸고 있으니까.

구름을 닮은 마음

전 숙 향

보고픈 우리 엄마!

평강에 잘 이르렀나요?

엄마의 마음이 예쁜 구름을 닮아

솜털처럼 따뜻하고

깃털보다 가벼워지길

오늘도 기도드릴게요.

곁에 머무는 마음

하 영 숙

"응, 그랬구나. 그랬어."
하며 말을 더하지 않는 순간,
조용히 두 눈을 바라보고
천천히 고개를 끄덕이며
사뿐히 안아 주고
두 손을 포갠 채,

그 마음 곁에
따뜻한 온기로 남는다.

우뚝

황선희

푸른 바다를 닮은 너는
손을 내밀면 닿을 만큼의 꿈을 품고 있구나.
괜찮아, 괜찮아.
넘어질 때마다 툭툭 털고 다시 일어서면 된다.
결국 너는,
네가 바라던 그곳에 서 있을 테니까.

제 3 장

회복: 부드러운 질문

머물러 보아요 고요히게 그리고 평온하게

우리는 답을 찾기 위해 서두르지만, 회복은 대개 질문에서 시작된다. 소음이 잦아든 자리에서 비로소 들리는 물음들, 누구의 기준도 아닌 나의 호흡으로 떠오르는 질문들. 그 질문은 나를 몰아세우지 않고, 나를 향해 조용히 다가온다.

이 페이지에 모인 문장들은 침묵 속에서 스스로에게 건넨 질문들을 짧게 붙잡아 둔 기록이다. "지금 내 마음은 어디에 머물러 있는가." "나는 무엇을 놓치고 있었는가." "나에게 필요한 말은 무엇인가." 이 문장들은 해답을 재촉하기 위한 것이 아니라, 나라는 존재에 온전히 머물기 위한 자리이다.

부드러운 질문 앞에 머무는 시간 속에서 우리는 자신을 더 선명하게 만나게 된다. 그리고 그 만남의 끝에서, 스스로에게 건네는 한 문장을 듣게 된다. "괜찮다." "잘 견뎌 왔다." "지금의 너로 충분하다." 그 말은 위로를 넘어 축복이 된다. 회복은 그렇게 나에게로 돌아오는 조용한 움직임이다.

손의 움직임, 마음의 움직임으로 당신의 침묵에도 공간이 열리기를 바란다. 그리고 이어지는 당신만의 축복의 문장을 만나 보자. 지금 이 자리에서, 회복을 향한 걸음을 시작해 보자.

진실

강승구

나는 언제 제일 나답다고 느끼는가?

남의 시선과 평가를 떠나 도전해보고 싶은 것은 무엇
인가?

나는 나를 존중하는가?

아직 무엇도 정해지지 않아 불안하지만, 사실 나는 무엇이
든 선택할 수 있는 가장 좋은 시점에 와 있어.

새로운 거울

고명진

지겹지 않아?

즐거워?

어렵진 않고?

있는 그대로의 너 자신을 즐겨봐.

예쁜 심술쟁이

김 명 희

"엄마가 좋아? 아빠가 좋아?"는 도대체 왜 묻는 거야?

제일 싫어하는 이 질문을 내가 하고 있는 것은 뭐지?

안 해야지 하는 것을 하게 되는 것은 왜일까?

가끔은 심술 부려도 괜찮아.

흙내음

김민주

지금 이대로 괜찮아?

견뎌내는 시간 힘들지 않니?

너의 든든한 버팀목은 누구야?

존재만으로 충분해.

나

김보승

자유롭게 날고 싶을 때는 언제야?

일상에서 탈출하고 싶어지면 어떻게 할 거야?

포기하고 싶어질 때까지 해 본 일이 뭐야?

충분히 잘 살고 있어.
나는 나니까.

채움

김수지

아낌없이 내어준다는 건, 어떤 마음일까?

너의 가지들이 그렇게 당차고 길게 자라날 수 있었던
데에는, 어떤 중심이 자리 잡고 있었던 걸까?

무엇이 혹은 누군가 떠난 자리를, 다른 온기가 채워
줄 수 있을까?

아무도 없을 것 같은 때조차도, 빛은 내 곁에 있었다.

지나오며 찾아온다면

김애자

▶▶ 상처가 많은 계절을 지나오며 네 안에 남은 것은 무엇이니?

▶▶ 잎도 꽃도 다 떨어져 나간 뒤에도 너는 아직 너 자신이라고 느끼니?

▶▶ 다시 봄이 찾아온다면 너는 어떤 삶을 꿈꾸고 싶니?

용기를 내! 온 우주가 너의 존재를 축복한다.

향기로운 연결

김 채 완

다른 누구도 아닌 나 자신이 행복해지는 일은 무엇일까?

홀로 버티는 강함 대신, 사랑을 주고받는 연결된 삶을 나에게 허락해 줄 수 있을까?

내 삶의 아픔과 상처가 누군가를 치유하는 향기로운 장(醬)이 되어가고 있음을 믿고, 나 자신을 존중해 줄 수 있겠니?

너는 대우주의 섭리로 이곳에 온 귀한 생명이며, 이제 네 삶은 다시 따뜻함으로 채워질 자격이 충분하단다.

이제는

김 태 은

많은 어려움, 어떻게 견뎠어?

상처들 이겨낼 때 아프고 힘들었니?

이젠 함께 있어도 될까?

잘해왔고, 앞으로도 잘할 거야.

생명은 축복이야

서 혜 주

너는 대우주의 어떤 섭리로 이곳에 생명으로 있게 되었
을까?

이곳에 머무는 동안 네가 살린 유무형의 것들은 무엇이
있을까?

지구 여행 마지막 날 너의 마음은 어떤 색으로 물들까?

생명은 축복이야.

예쁜 꽃이 피었다

송 태 순

혼자였어?

때때로 숨은 쉬었어?

누가 함께 했니?

서리 내리고
단풍 들고
낙엽 지고
무심히 시간이 지났다
너는 왜 여기 있는 거야?

뒷모습

신 시 옥

너는 언제부터 스스로를 단단하게 버텨야 하는 사람으로
여기게 되었니?

조금 느슨하게 살아도 된다고 허락할 때 네 안에 되살아나
는 감정은 무엇이니?

잠깐 멈춤을 위해 떠난 여행에서 느낀 점은 무엇이니?

힘 빼고 살아도 괜찮아,
어차피 나그네 인생이니까.

우주 나무

오 순 덕

너의 인생 나무는 어디만큼 자랐니?

너는 무엇을 열매 맺고 싶니?

너는 어떤 나이테를 남기고 싶니?

온 우주를 품을 수 있는 아름드리 나무가 되자.

나는 봅니다

유 명 순

꽃이 등에 핀 것은 보이지 않지만, 감사와 평온은 지금 어떻게 보이니?

나무뿌리처럼 서 있는 모습 그리고 흔들림에 대해 어떤 생각이 드니?

생명을 어떤 방식으로 전하고 있니?

하루하루를 잘 살아내고자 지혜를 간구하니 고맙다.

인연 그리고 자리

유선아

기억에 남는 '시절인연'이 있다면 누구야?

너에게 위로가 되는 한 문장은 뭐야?

온전한 너로 자리매김하는 힘은 뭐야?

삶의 여정이 아름다웠던 건, 당신 덕분이야.

시절인연 때가 되었을 때 자연스럽게 찾아오는 인연. 하지만 시절이 지나면 붙잡고 싶어도, 다시는 닿을 수 없는 사람.

지난 삶

이순자

오래도록 침묵하는 시간, 가져보았니?

그때 너는 얼마나 힘들었니?

아픈 상처는 너의 삶에 무엇이 되었니?

그래,
지나왔구나.
마음 속에 용서와 감사의 꽃을 피워냈구나.

그랬구나 그랬었구나

이정숙

온 우주를 품은 너의 마음은 어땠어?

오롯이 햇살의 빛남을 만났을 때 마음은 어떠하였을까?

모두 보낸 겨울, 지금의 마음은 충만한가?

그랬구나, 그랬었구나!

가벼운 거울 앞에서

이 춘 관

꽃 지고 잎 떨어져, 인생 거울 앞에 선다면 기분이
어떠할까?

세상 것들 다 떨쳐버리고 가벼워졌을 때 훨훨 날아
가고 싶어질까? 아니면 슬플까?

앙상한 가지이지만 지저귀는 새들이 편하게 앉아 쉰
다면 너는 어떤 생각을 하게 될까?

누님 같은 겨울나무야, 애정한다.

침묵이 노래하던 날

임미정

너는 침묵과 기다림 속에서 어떤 감정을 느꼈니?

상처가 생길 때마다 고통스럽지 않았니?

행복은 너에게 어떤 의미가 있니?

침묵은 마음 깊은 곳에 오래 남는 인생의 노래다.

겹겹이

전 숙 향

너는 힘들고 고통스러운 순간을 어떻게 견뎌냈어?

너에게 새로운 만남과 이별이 주는 감정과 의미는 뭐야?

네가 기다림이 힘들었던 이유는 뭘까?

삶은 감정의 연속,
나무에게 인생을 배우다.

네 안에 이미 새 생기가 돋아나고 있어

하영숙

나는 자유로부터 자유로워질 수 있을까?

내가 바라는 영혼의 모습은 어디에 있을까?

자유롭게 회복된 나는 어떤 모습일까?

회복된 자유는 축복이고 감사야.

온전히

황선희

지금 이 순간 너로 온전히 존재하고 있니?

지나온 시간과 지금의 너를 있는 그대로 사랑하니?

너는 어떤 삶을 살고 싶은 거니?

잘해왔고, 잘하고 있고, 잘하게 될 거야.

제 4 장

존중: 반 걸음 곁에서

반 걸음 곁에서 사랑은 이미 나를 기다리고 있었습니다

서두르지 않고, 앞서지 않고, 대신하지도 않으면서 존재의 자리를 지켜 주는 일. 존중은 반 걸음 곁에서 머무는 마음이다. 우리는 사랑을 크게 표현하려 애쓰지만, 삶에 오래 남는 것은 얼마나 사랑했는가보다 어떻게 대했는가일지 모른다. 존중은 관계의 방식이자 삶의 자세로 조용히 드러난다.

여기 남겨 둔 글들은 죽음을 떠올리던 시간에서 길어 올린 고백의 조각들이다. 끝을 마주할 때 비로소 또렷해지는 마음, 후회와 반성 속에서 건져 올린 깨달음, 지금의 나를 바라보는 시선. 이 문장들은 두려움을 키우기 위한 것이 아니라, 삶의 태도를 다시 세우기 위한 작은 멈춤이다.

죽음 앞에서 존중은 완성된다. 남는 것은 소유도 성취도 아닌, 존재를 대했던 방식이다. 그래서 우리는 오늘, 반 걸음 곁에서 나를 존중해 보는 연습을 시작한다. 스스로를 밀어붙이기보다 귀 기울이고, 평가하기보다 받아들이며, 나의 가치를 가볍게 넘기지 않는 태도. 존중은 오늘을 대하는 조용한 선택이다.

읽고 필사하고 생각하며 당신의 하루를 돌아보는 시간이 열리기를 바란다. 그리고 지금의 나를 어떻게 대하고 있는지 살펴보자. 후회가 남긴 배움을 품고, 오늘을 새롭게 살아갈 마음을 적어 보자. 반 걸음 곁에서, 당신 자신을 존중하는 삶을 시작해 보자.

멈추지 않기로 한 날

강승구

도전할 것.
다름을 인정할 것.
우선, 시작할 것.

방긋

고명진

존중을 이해하고 사람들을 존중으로 대할 것.
감정을 있는 그대로 인정할 것.
오늘 하루 세 번 미소지을 것.

나이테

김 명 희

후회와 반성을 기꺼이 되풀이할 것.
수용할 것.
조금 덜 후회하는 내일을 선택할 것.

동그라미

김민주

서로 이해하고 인정할 것.
계속해 볼 것.
괜찮다고 안아 줄 것.

양손 가득

김보승

그냥 믿고 도전할 것.
무조건 행복할 것.
엄마와 손 잡고 데이트할 것.

중심

김 수 지

내 생에 가장 젊은 이 시간을 아껴 쓸 것.
낮아질 것. 나보다 남을 낮게 여길 것.
아이와 더 길게 눈을 마주치고,
온 마음으로 들어 주고 반응할 것.

나에게 늦지 않은 말

김애자

더 많이 안아 주고, 더 많이 사랑한다고 말해 줄걸.
화려한 삶은 아니었지만 열정적으로 살아온
내 삶을 존중한다.
내 마음이 부르짖는 소리에 귀 기울이며
좋은 친구가 되어 주고 싶다.

시선

김 채 완

상대를 바꾸려 하지 않고 있는 그대로 바라보기.
조건 없이 존재 자체를 귀하게 여기기.
그런 시선 속에서 나와 당신의 관계를
가장 안전하게 여기기.

다집

김 태 은

과거의 아픔을 생각하지 말 것.
한 번 더 생각할 것.
감사 인사 할 것.

방향

서 혜 주

그가 나와 다르지 않다는 사실을 기억할 것.

생각하고 사랑해줄 것.

선하고 옳은 방법을 선택하고 그것을 행할 것.

For respect

송 태 순

남은 삶은
너를 위해
머무르겠습니다
반걸음 곁에서

더 기다리고
더 말을 줄이고
더 비우며
더 사랑할 것입니다

사랑스럽게 미소 짓고
따뜻하게 손잡아 주고
응원하며 어깨를 토닥여 주고
사랑을 담아 속삭입니다

아침에도
저녁에도
한결같이 존중하겠습니다

오늘을 안는 연습

신시옥

과거에 연연하지 말고 현재를 살 것.
언제나 겸손할 것.
친절한 태도를 유지할 것.

천천히 충분히

오 순 덕

시간과 물질을 조금 더 아껴 쓸 것.
가족과 함께 행복할 것.
여유롭게 식사할 것.

나이가 든다는 것

유명순

섬김을 받는 마음으로 섬길 것.
사랑을 나눌 것.
아하, 오케이! 수용할 것.

하나

유선아

다양한 언어와 몸짓으로 사랑을 표현할 것.
그러할 거라 믿는 것.
말과 같은 행동할 것.

선택

이순자

삶은 선택의 연속이야.

오늘의 선택은 미래의 마음이야.

너의 선택들에는 희망과 감사가 새겨졌구나.

여행 가듯

이정숙

여행 가듯 매 순간 즐길걸.
내면의 나와 함께 잘 놀걸.
이제 나는 나의 일에 몰입하겠어.

수용

이춘관

사랑받고 싶다고 관심받고 싶다고 말해 볼 것.
모든 이를 있는 그대로 받아들일 것.
정 주고 정 받는 다정한 내 인생 살아볼 것.

여정 가운데

전 숙 향

변화와 도전을 두려워하거나
포기하지 않을 것.
지혜롭게 감정을 표현할 것.
마음에 남겨진 찌꺼기 말끔히 청소할 것.

경청

하영숙

남의 기준이 아닌 나의 시선으로 살아볼 것.
생각은 단순히, 행동은 신중히, 표현은 다정히 할 것.
나의 몸과 마음의 소리에 귀 기울이며 살아갈 것.

동행

황 선 희

나 자신에 대해 제대로 알아갈 것.
나의 결정을 지지하며 믿어줄 것.
행동할 것.

나가는 글

이제는 밀어내지 않습니다.

해석하려 애쓰던 마음을 내려놓고, 있는 그대로 받아들입니다.

공손히 귀 기울이는 순간,

감추어 두었던 나의 마음도 함께 모습을 드러냅니다.

회피하지 않고 바라본 시간 위에,

복잡했던 마음이 다시 제자리를 찾습니다.

존재를 있는 그대로 대하는 태도로,

중요한 오늘을 조용히 살아갑니다.